阿海截句

寧靜海 著

截句詩系11

臺灣詩學 25 週年 一路吹鼓吹

【總序】
與時俱進・和弦共振
——臺灣詩學季刊社成立25周年

蕭蕭

華文新詩創業一百年（1917-2017），臺灣詩學季刊社參與其中最新最近的二十五年（1992-2017），這二十五年正是書寫工具由硬筆書寫全面轉為鍵盤敲打，傳播工具由紙本轉為電子媒體的時代，3C產品日新月異，推陳出新，心、口、手之間的距離可能省略或跳過其中一小節，傳布的速度快捷，細緻的程度則減弱許多。有趣的是，本社有兩位同仁分別從創作與研究追蹤這個時期的寫作遺跡，其一白靈（莊祖煌，1951-）出版了兩冊詩集《五行詩及其手稿》（秀威資訊，2010）、《詩二十首及其檔案》（秀威資訊，

2013），以自己的詩作增刪見證了這種從手稿到檔案的書寫變遷。其二解昆樺（1977-）則從《葉維廉〔三十年詩〕手稿中詩語濾淨美學》（2014）、《追和與延異：楊牧〈形影神〉手稿與陶淵明〈形影神〉間互文詩學研究》（2015）到《臺灣現代詩手稿學研究方法論建構》（2016）的三個研究計畫，試圖為這一代詩人留存的（可能也是最後的）手稿，建立詩學體系。換言之，臺灣詩學季刊社從創立到2017的這二十五年，適逢華文新詩結束象徵主義、現代主義、超現實主義的流派爭辯之後，在後現代與後殖民的夾縫中掙扎、在手寫與電腦輸出的激盪間擺盪，詩社發展的歷史軌跡與時代脈動息息關扣。

臺灣詩學季刊社最早發行的詩雜誌稱為《臺灣詩學季刊》，從1992年12月到2002年12月的整十年期間，發行四十期（主編分別為：白靈、蕭蕭，各五年），前兩期以「大陸的臺灣詩學」為專題，探討中國學者對臺灣詩作的隔閡與誤讀，尋求不同地區對華文新詩的可能溝通渠道，從此每期都擬設不同的專題，收集專文，呈現各方相異的意見，藉以存異求同，即使2003年以後改版為《臺灣詩學學刊》（主編分別為：鄭慧如、唐捐、方群，各五年）亦然。即使是2003年蘇紹連所闢設的「臺灣詩學・吹鼓吹詩論壇」網站（http://www.taiwanpoetry.com/phpbb3/），在2005年9月同時擇優發行紙本雜誌《臺灣詩學・吹鼓吹詩論壇》（主要負責人是蘇紹連、葉子鳥、陳政彥、Rose Sky），仍然以計畫編輯、規畫專題為編輯方針，如語言混搭、詩與歌、小詩、無意象派、截句、論詩詩、論述詩等，其目的不在引領詩壇風騷，而是在嘗試拓寬新詩寫作的可能航向，識與不識、贊同與不贊同，都可以藉由此一平臺發抒見聞。臺灣詩學季刊社二十五年來的三份雜誌，先是《臺灣詩學季刊》、後為《臺灣詩學學刊》、旁出《臺灣詩學・吹鼓吹詩論壇》，雖性質微異，但開啟話頭的功能，一直是臺灣詩壇受矚目的對象，論如此，詩如此，活動亦如此。

臺灣詩壇出版的詩刊，通常採綜合式編輯，以詩作發表為其大宗，評論與訊息為輔，臺灣詩學季刊社則發行評論與創作分行的兩種雜誌，一是單純論文規格的學術型雜誌《臺灣詩學學刊》（前身為《臺灣詩學季刊》），一年二期，是目前非學術機構（大學之外）出版而能通過THCI期刊審核的詩學雜誌，全誌只刊登匿名審核通過之論，感謝臺灣社會養得起這本純論文詩學雜誌；另一是網路發表與紙本出版二路並行的《臺灣詩學・吹鼓吹詩論壇》，就外觀上看，此誌與一般詩刊無異，但紙本與網路結合的路線，詩作與現實結合的號召力，突發奇想卻又能引起話題議論的專題構想，卻已走出臺灣詩刊特立獨行之道。

臺灣詩學季刊社這種二路並行的做法，其實也表現在日常舉辦的詩活動上，近十年來，對於創立已六十周年、五十周年的「創世紀詩社」、「笠詩社」適時舉辦慶祝活動，肯定詩社長年的努力與貢獻；對於八十歲、九十歲高壽的詩人，邀集大學高校召開學術研討會，出版研究專書，肯定他們在詩藝上的成就。林于弘、楊宗翰、解昆樺、李翠瑛等同仁在此著力尤深。臺灣詩學季刊社另一個努力的方向則是獎掖青年學子，具體作為可以分為五個面向，一是籌設網站，廣開言路，設計各種不同類型的創作區塊，滿足年輕心靈的創造需求；二是設立創作與評論競賽獎金，年年輪項頒贈；三是與秀威出版社合作，自2009年開始編輯「吹鼓吹詩人叢書」出版，平均一年出版四冊，九年來已出版三十六冊年輕人的詩集；四是興辦「吹鼓吹詩雅集」，號召年輕人寫詩、評詩，相互鼓舞、相互刺激，北部、中部、南部逐步進行；五是結合年輕詩社如「野薑花」，共同舉辦詩展、詩演、詩劇、詩舞等活動，引起社會文青注視。蘇紹連、白靈、葉子鳥、李桂媚、靈歌、葉莎，在這方面費心出力，貢獻良多。

臺灣詩學季刊社最初籌組時僅有八位同仁，二十五年來徵召志同道合的朋友、研究有成的學者、國外詩歌同好，目前已有三十六位同仁。近年來由白靈協同其他友社推展小詩運動，頗有小成，2017年則以「截句」為主軸，鼓吹四行以內小詩，年底將有十幾位同仁（向明、蕭蕭、白靈、靈歌、葉莎、尹玲、黃里、方群、王羅蜜多、蕓朵、阿海、周忍星、卡夫）出版《截句》專集，並從「facebook詩論壇」網站裡成千上萬的截句中選出《臺灣詩學截句選》，邀請卡夫從不同的角度撰寫《截句選讀》；另由李瑞騰主持規畫詩評論及史料整理，發行專書，蘇紹連則一秉初衷，主編「吹鼓吹詩人叢書」四冊（周忍星：《洞穴裡的小獸》、柯彥瑩：《記得我曾經存在過》、連展毅：《幽默笑話集》、諾爾・若爾：《半空的椅子》），持續鼓勵後進。累計今年同仁作品出版的冊數，呼應著詩社成立的年數，是的，我們一直在新詩的路上。

檢討這二十五年來的努力，臺灣詩學季刊社同仁入社後變動極少，大多數一直堅持在新詩這條路上「與時俱進・和弦共振」，那弦，彈奏著永恆的詩歌。未來，我們將擴大力量，聯合新加坡、泰國、馬來西亞、菲律賓、越南、緬甸、汶萊、大陸華文新詩界，為華文新詩第二個一百年投入更多的心血。

2017年8月寫於臺北市

【自序】

寧靜海

接觸現代詩匆匆數載，仍遲疑亦不敢妄稱自己是個「詩人」。兢兢業業沉潛詩海，絲毫不敢怠慢腳步——吸收、轉換、更新，砥礪跟上詩的現代腳步，卻擔心自己有朝一日要面對「出書」這神聖的事。「出書」是很多潛心藝文者最憧憬的大夢，曾幾何時這夢與我擦身而過。我承認是因我逃避，欠缺了出書者最重要的自信，亦自省應該嚴肅看待「出書」這件事，擔心拿不出令自己和愛護者都能滿意的詩作。

坊間自費獨立印書出版者眾，出版一本書只是一個念頭的決定，筆耕者「口袋」若有那麼一點深度，出版大業就降低一半難度。欣見友朋為出書的雀躍，竟然都無法使我心動，直到與白靈老師較頻繁的互動之後才讓我逐漸轉念。「回顧過去」有時候是像殘忍的「自我剖白」，早期一邊書寫一邊練功的詩作令我汗顏著它們的「不成熟」，那些反應當下心境的陳述通常很直白、很情緒話。幸好有「截句」方式塑以現代性的改造，得以重新審視它們存在的意義，擷取還算「出色」的偶成佳句以片段推陳出新。

詩就像詩人的孩子，詩集是給孩子們的家，篩選詩作的過程等同分娩時的陣痛期，翻舊或新寫的實戰不亞於十月懷胎的忐忑，我對詩的態度要求嚴謹近乎執念，寫詩愈久就愈吹毛求疵，字字計較，句句不妥協。我不若中文科班出身者有紮實的國學基礎，詩愈寫，愈感讀詩不足，唯有不斷鞭策自學補強，從第一本似懂非懂的現代詩集閱讀開始，到視如寶典般演練詩寫的「工具書」，滿室書冊宛如坐擁萬千金屋。

感謝蘇紹連老師建立【臺灣詩學・吹鼓吹詩論壇】平臺，並將虛擬的網路文學付諸於實體的刊物

《臺灣詩學季刊》提供後學得見詩的多元。感謝現任社長蕭蕭老師，猶記第一次見面的吹鼓吹詩雅集臺北場，於會後所給予的正面鼓勵。感謝帶我「回家」重返吹鼓吹論壇平臺的林靈歌詩長，提攜於我擔任吹鼓吹詩論壇中短詩版主。

更感謝戮力推廣【截句】型式詩寫不遺餘力的白靈老師，在我對出版個人詩集仍感猶豫惴惴不安時，在我對人性真偽出現質疑意冷心灰低潮時，仍在詩路上對我的厚愛與不放棄的等待。白靈老師總不忘給予溫暖、給予力量、給予方向，循循善誘於我跳出人性的陰暗地，勇敢「站出來」面對自己的詩，成為此次《臺灣詩學》個人截句詩集的出版行列中的一分子。

詩路漫漫有幾人經得起火花後的誠懇交心呢？最後，我要感謝詩路上每一個階段所有「遇見」的試煉，不論是已走進彼此生活裡的，抑或是停留在網路平臺交流的，本著人性多屬良善的正能量，我願意繼續相信每一位相知相惜的習詩者和讀詩人。

缺少熱辣的太陽，怎有皎潔的月光？沒有讀者，就不需要作者，謝謝正在閱讀這本詩集的你（妳）。

——寫於2017.07.27

目　次

輯一

輯二

輯三

輯四

輯五

輯一

真相

她丟出謊言

每一顆頭顱都答

右！

殤

遺失鑰匙

只好在身體鑿洞

撕開山林

從地心彈__出一根肋骨

洪荒之力　之一：旱

臭氧層挖開自己

大地有了分娩的痛

且向最後一滴淚祈禱

雨季何時停止節節敗退

洪荒之力　之二：澇

氣流以千絲千縷綑綁

圍城了，我們在漩渦裡打轉

溺水的山抗議：

雲用什麼心情朝聖？

戳詩

躍入，你躍入，挖掘藏匿的臉孔
幾個兵卒過了楚河，相士撥弄星盤
穿越，我穿越，翻頁與翻頁之間
車衝、馬斜、砲跳

紅棉

春天把鳥聲交給三月，三月躲進城市裡

城市站在鴿子的眼睛裡，眼睛有火的曖昧

一棵樹抖落一朵花，一朵花是一團火

一團火燒乾一條河，啊，春天　藏不住

夏了夏天

滯留鋒報時，梅子就掉落一地

老屋噙著口水喊酸

春吶之後，日子半生不熟

潮汐追趕一隻寄居蟹

玉兔不見了

中秋一到你們就吐詩

害貓與月亮多糾結幾年

一座荒廢的搗藥池裝滿宇宙雜音

吳剛每個晚上都失眠

我要為你做飯：御便當

宋詞是珠圓剔亮的米香

茴香滷煮的元曲最引人垂涎

加上幾顆相思調味的辛辣小令

一杯唐詩在你手中，七分醉

等一個人咖啡

收起傘內的雨聲，放進杯子攪拌
不同的女人與你對坐，一杯咖啡過後就離開
黑夜與白天交換位子，鏡頭又挪移了幾寸
植物行光合作用，不再埋首曖昧的風向

親愛，不疼　之一

孢子菌偷偷遷居到你身上

生了根，發了芽

你的五官開始縮小

臉部長出山丘。疼，你說

親愛，不疼　之二

左心室隱隱作痛
右心室裝滿整座山的沈痾
季節的雨徘徊，牆壁水腫了
失語的生活。疼，是我

告白

捧著彼此的傷口，你的背包
我的傘，穿過黑暗各自回家
走過夏午，走過雨聲
走進一場葬禮，我用文字殺死自己

〔讀報截句〕警訊　之一

亮黃燈了，仍要硬闖

一張床一生能藏多少愛

交換幾次高頻震盪

誘惑，祕密發生

（見聯合報6/28：A2上右「民意亮黃燈……仍要硬闖」＋6/29：B1中左「自行停藥……高頻震盪呼吸器救命」、中右「祕密戒菸……誘惑」）

〔讀報截句〕警訊　之二

10秒長音最引人，激情後
熱度不再，只感受6℃冰涼
你留下最後身影，堅稱：
「不關我事」

（見聯合報6/29：B1中下「善化叫賣哥10秒長音最引人」、上「熱度不再？2地滑水道喊卡」、中左「遊樂區……感受6℃冰涼」＋6/28：A14中右「池上法林寺……最後身影」、下左「恐怖啃老，堅稱不關我事……」）

〔讀報截句〕警訊　之三

爆發初期，病毒緩慢變異

入夏之後疫情逐日增溫

小心，別步上後塵

讓思念成病，隱疾成災

（見聯合報6/28：A3上「現在就像去年爆發初期……塞爆大醫院」、A1上左「何美鄉：病毒緩慢變異……」＋A1上「入夏疫情反增溫，臺灣恐步東南亞……後塵」）

邊緣人

加護一條膏肓的河道，多少個晝夜
竭力划槳，渡過去
渡過去，渡一朵無法開蕊的魂
普渡一床夢魘，過了橋，天就亮

死。生門

我欲往哀傷裡睡去，白晝不成樣子
既乾且渴，我從時間的酒窩醒來
喝著你留下的快樂，滿滿的
空空的，生。死。生

雨夜讀

黑夜將雨聲撐得　更開

有人穿越報時的雨林

你說話的聲音很輕，像一首詩

我讀到了整晚的雨

穀雨

雨寫一行，詩吐一地
春天常感飢餓
雨背著我們發胖，陣痛
未婚了一本詩集

二

〔讀報截句〕沒離開過　之一
——讀「頌齊柏林褒揚令」有感

從島嶼的指腹彈起，這時間

正好，天外有雲廝磨放閃

一條河仍絕望吐著苦水

除了拋棄良田，能耐它如何？

（見6/25聯合新聞網「總統頌齊柏林褒揚令：現在，一點一滴重建國土」）

〔讀報截句〕沒離開過　之二
——讀「頌齊柏林褒揚令」有感

翻越島嶼的舌尖，乍見
幾隻怪手一點一滴拔光山脊
那些被斬斷的稜線
以旱洩的方式向雨季臣服

（見6/25聯合新聞網「總統頌齊柏林褒揚令：現在，一點一滴重建國土」）

〔讀報截句〕沒離開過　之三
——讀「頒齊柏林褒揚令」有感

一隻巨鳥跌坐島嶼的腰肢

黃昏舉燈捎來幾句晚禱

日子重新戴上墨鏡

躺回已然陽萎的溪床

（見6/25聯合新聞網「總統頒齊柏林褒揚令：現在，一點一滴重建國土」）

景觀窗
——致向明老師

路過的雲請進來坐坐，下午茶的溫度剛好
別管太陽如何觀望，這裡謝絕打擾
你把視界站高站綠了，那扇窗綠得閃閃發亮
什麼都放下了，你已不在時間的洪流裡

生命以刻
——致向陽老師

街角的長巷，一隻貓追趕黑色眼睛

月光折返，莊周忘記要夢

燈下，深刻福爾摩沙的骨血

復以夜色細描肌理，一塊一塊療癒島嶼傷疤

註：向陽老師2015年《深刻×細描：向陽木刻版畫展》

讀書練習
——致向陽老師

臉書帖上一則尋人啟事

從螢幕閃閃飛出

揣摹十行集，17℃空氣也文青

靜，是一塊秋收後的田

註：《臉書帖》、《十行集》向陽老師著作

一首詩的誘惑
——致白靈老師

立起斷崖，一朵孤懸的花愉悅地開著

那石壁滲出水，輕輕一觸

驚得整座山震動了，在月亮最滿的時刻

一尾魚欣然受孕

註：詩題「一首詩的誘惑」同名於白靈老師的著作

近午等待　之一
——記向明老師與懷鷹老師相見歡

屋外的光注視著窗口

心情比爐上咖啡還沸騰

直到你們的蟬聲抵達彼此

才不甘寂寞掉落一地

近午等待　之二
——記向明老師與懷鷹老師相見歡

恰恰好是夏天，恰恰好是下午

恰恰是太陽熨燙的味道

眼睛亮起來，耳朵靜下來

文字被釋放出來，詩透明了

六月，你來
——致詩友卡夫

乘著赤道的風騷　起飛，你來了

扛著一座島嶼的孤獨，飄洋　過海

南臺灣的檐廊下，為你懸掛行旅的浪聲

浪語，太陽以不尋常的速度催熟時間

註：記錄新加坡詩人卡夫（杜文賢）於2015年6月訪臺

惜日　之一
——雅和白靈老師〈昔日〉

從身上切下一段往事

提煉幾罐陳年丹藥

出門前，老妻總是叮嚀我

記得三餐飯前服用

註：雅和白靈老師推廣「截句」詩作
〈昔日〉

惜日　之二
——雅和白靈老師〈昔日〉

噓，別說話

站在歲月的這端

勾起一根末梢神經

哎唷，我的媽

註：雅和白靈老師推廣「截句」詩作
　　〈昔日〉

惜日　之三
——雅和白靈老師〈昔日〉

被春風嘲笑了

黑眼圈向我抱怨

它站過一甲子

才套住兩尾老魚

註：雅和白靈老師推廣「截句」詩作〈昔日〉

本事　之一

——致詩友L.

那盞燈點亮自己

向星星示愛

你的筆尖挑釁著夜

世界從此有了裂縫

本事　之二
——致詩友周忍星

洞裡住著一隻獸

牠有雙畏光的眼睛

我看見自己換了姿勢

從黑暗深處爬出來

本事　之三
——致詩友C.

肥皂劇泡沫太多
一根管子硬要插入，大口吸
吮著高潮中的死去
激情之後的活來

假裝是風景

此地滿是詩餘，每個字抽出新芽

左手舉起霧白靈秀，右手搖下葉落蕭蕭

若你不倦地深入，涉過山林澗水

站在這片聖地，管他幾個世紀風雨

註：向孜孜不倦推動【截句】詩的每位老師致敬

蕭蕭（蕭水順）〈假裝是俳句〉

https://www.facebook.com/groups/supoem/permalink/10155034136510185/

白靈〈假裝是咖啡〉

https://www.facebook.com/groups/supoem/permalink/10155034305320185/

楊子澗〈假裝是截句〉

https://www.facebook.com/groups/supoem/permalink/10155034386070185/

白世紀〈假裝是圍觀〉

https://m.facebook.com/groups/273498420184?view=permalink&id=10155034890710185

忘了我是誰
——致親愛的母親

猜疑一場大雪落盡，時間就搶先在前

一隻衝撞妝鏡檯的蛺蝶被愛追逐又背棄愛

妳來時的路我踽踽獨行，沿途托缽

缺角的記憶，為妳繼續此生未竟的劇碼

書寫流域　之一

維新一首古典
拔除現代之間的藩籬
河流靜靜劃開月光
我已裸足一條夜的思路

書寫流域　之二

遠走隱喻的那岸

海與它的浪也同時抵達

你說只等潮汐讓步

筆尖會湧出詩句

書寫流域　之三

一隻蟹馱著借用的詞彙

沿水平線鋪滿沙粒

一路追一路趕

時間停不下來了

三

禪

鐘聲追著鐘聲，驚醒日光
一起撞進山的肚臍裡
林中擊鼓，山扭了一下
晚禱的鳥笑了

知　之一

立春以降

一首詩在霧霾裡回潮

我有分娩時的陣痛

知　之二

驚蟄之後

在父親發亮的頭頂上

發現一根早起的髮

註：「早起的髮」借用
向明老師詩集《早
起的頭髮》

知　之三

春分向陽
以多變的角度投入雨
像容易妥協的爭辯

知　之四

穀雨來襲

你說話的樣子很文青

我讀到無名的殺氣

知　之五

說起立夏

偷偷傾慕了幾場淋漓

友達加溫戀人未滿

知　之六

芒種很忙

螞蟻搬家往高處去了

樹上梅子就快成熟

知　之七

夏至宣告
即日起曬恩愛無上限
無碼直播絕不加價

知　之八

大暑壓境

蟬聲削薄不成調的雲

害太陽露點漲紅臉

知　之九

別提立秋
默認愛情就要起風了
卻還苦撐最後的熱

知　之十

白露點兵

提醒黃昏要早點回家

晝短一寸詩涼一截

知　之十一

秋分欠收

一冊意象貧瘠的詩集

風來又吹落了幾頁

知　之十二

咀嚼霜降

涮過鍋底秋水五分熟

蘸點酸辛冷暖心頭

知　之十三

立冬以陣

防風林之內的防風林

沒有詩人也沒有詩

知　之十四

小雪初探

母親頂上的幾縷青絲

在燈下靜靜地亮著

知　之十五

冬至少作

北風卯足勁全力掃黃
驚起多少枯山枯水

知　之十六

遇到大寒

拿來冷處理你的嘲諷

一張口就是死火山

傷　之一

覺得會冷，因為打開

這裡下雪了，請不要進來灑鹽

南飛，或者靠北

你說過的話，留在痛的地方

傷　之二

剪開疤痕，吐出腐味

在盡頭以前，一朵花仍要綻放

不再喊疼，自離開你的那天

雨滴和陽光一樣刺眼

別

而妳來的時候，我剛離開
太陽輕易撕裂每個早晨
高樓以西雅圖未眠的語氣呻吟
故事，他們從不抗拒

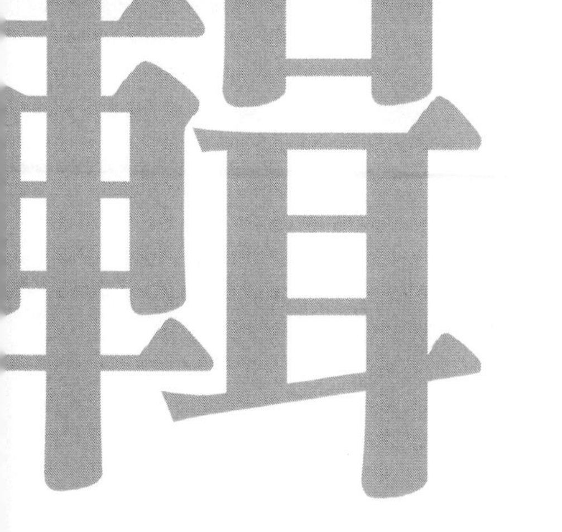
輯

四

瑞芳　之一

趁著天色半夢半醒

我撕開一場霧

赫然發現

這該死的魚肚白又肥大了

瑞芳　之二

來不及咀嚼的礦味
一雙龍鳳腿趕路似的
從隧道倉皇拔出
我竟有了分娩的痛

瑞芳　之三

沿路丟下破舊的腳印
五分車離家去了
那倚門而望的兩行
不知是愛還是恨

瑞芳　之四

後街從發癢的舌根
用力咳出旅人的鄉音
野貓掏掏耳朵
叼走好奇的眼珠

瑞芳　之五

月亮撐開蕨葉
滑進青苔匍伏的巷弄
石階上的影子
猛打哆嗦

瑞芳　之六

老屋弓著背脊

缺牙的嘴角漏出故事

回味一次

荒蕪長高一寸

被遺忘的時光
——記白沙岬燈塔

以季風的結晶洗塵，跟路過的魚群寒暄天氣

瞭望南行的船隻，與北航的遠洋如何接力

年邁的苦楝樹也彎著腰，聽你細說從前

說第一千零一個故事，說夢的登陸使月亮塌陷

追不到的風
——記風城一隅

城隍廟香火虔誠，招牌推擠

叫賣油氣，誦經聲提不起箏的倦意

幾筆彩霞染過屋簷燕尾

廟前的龍柱憂鬱了

斷崖　之一
——向榮民們致意

血淚錯雜幾行家書，我側耳聽

聽戍守的岸壁細說從頭

天黑以後烽火鑿開了島嶼

天黑以後要忘記鄉音

斷崖　之二
——向榮民們致意

我挺以半屏的胸膛

挑起萬頃的波瀾

夾濤聲對鹹鹹的風吶喊

拉滿長弓奮然將自己　射出

旗山奇　之一

月世界春光正好

樹木複讀流雲的走勢

望高寮也文青了

岩壁撥開半禿的髮線側耳聽

旗山奇　之二

汽笛拉長尾音刺進荒野的胸膛

收割蔗甜的末班車，遠行了

一九七八最後的單程票

老車站的眼睛一夜夜模糊

旗山奇　之三

以詩頂禮歷史的山牆

迴旋哥德式的塔尖，以歌

旗山小火車彷彿又鳴笛了

詩，從心出發

當他平躺下來　之一
——詩寫神話盤谷

混沌之間以極快的速度撕開世界

荒原在成形，天空愈來愈輕

愈來愈清，從過去到未來

多少次九萬里的距離

當他平躺下來　之二
——詩寫神話盤谷

月亮忙著借光來點名

每顆星星都有自己的名字

當他平躺下來

演繹依然，故事會繼續

江湖行草　之一

她撿起一隻被玷汙的鞋

撫慰骨折的胸膛

暴雨抵達以前

他的城剛嚥下最後一口氣

江湖行草　之二

江湖客都是裸體的

割斷尾巴綁在刀劍上

讓疼痛失憶

讓月亮一夜流光了血

承擔　之一

有了中央山脈的肩寬
就能把心加大
背起一屋子風雨
往黑夜的痛處　撞去

承擔　之二

擊碎那些奔來的浪

在肩上開出花朵

躍入欲沸的海

把你逼出火花，我點燃自己

承擔　之三

彈掉燃盡的煙灰

掩蓋最陌生的名字

走進配偶欄，拍拍七年塵埃

驚起一隻冬眠的蝴蝶

輯五

怦然　之一

此刻，天空霸氣的藍著

我們是上岸的人魚

脫掉鱗片和尾巴

進入桃花源，點燃胸膛的火

怦然　之二

南風催熟半禿的草地
太陽先往西方取經
當夜色煨得濃稠
我們懷念多汁的日子

相思無用　之一

一朵無名小花

偶爾，她抬起頭

看看天空的臉色

立刻害羞地低下頭

相思無用　之二

每當四月很文青
木棉樹憶起嬌羞的桃花
禁不住搖晃了幾下
橘色的鴿子紛紛跌落

相思無用　之三

潑墨畫裡的留白

大剌剌地站著雨季

不遠處幾株蘆葦低頭默哀

一條肝腸寸斷的沙河

這城市　之一

高樓，強壯的

樓裡有春天，性感的

樓下紅綠燈頻頻向電線桿拋媚眼

行道樹急得掉髮

這城市　之二

在精明商圈高貴自己

跟每個櫥窗學窈窕

聊時尚，聽八卦

一顆爛蘋果開口笑了

這城市　之三

他把太陽收進背包裡
天黑以後倒出夜的喧嘩
城市如期打亮星星
叫每扇窗都沾光

這城市　之四

這城市有個名字叫寂寞

寂寞限定，夏季第二杯半價

我是一隻深海魚，不懂游泳

害怕溺水，忘記有鰭

這城市　之五

數字高塔對天空指控

為何你又讓盆地張著大口

威逼紅磚道袒胸露點

害它交出偷斤減兩的肋骨

這城市　之六

車站的水草越長越長

留言板未完的詩在溶化

你的眼、你的手遙遠地落下

一張缺角的票根

都是魚　之一

禿筆一支就是蕭蕭

就是蝴蝶，就是

懸崖，就是海洋

我思，故我是　魚

都是魚　之二

一把長槍穿過不及做夢的年紀

撈起血泊中浸泡的鄉愁

美麗的福爾摩沙，我的玫瑰

看，飛魚又來轟炸海洋

都是魚　之三

下一陣紅雨吧

中年，勃不起的夢

魚群前仆、後繼

無聲躺進守岸燈塔的月光裡

都是魚　之四

太平洋深處一座海底火山

爆發的那麼決絕

我指著月亮，笑它很魚（愚）

它一口吃掉戀人的耳朵

都是魚　之五

我們虛構了它的名字
〇〇是魚，××也是魚
魚，有魚，很多魚
哎呀，舌頭打結

都是魚　之六

甲板上傳來水手的吆喝聲

由左邊Ctrl鍵拋出誘餌

一張巨大的網自右側Enter鍵拋出

生吞中年的魚腹肉

都是魚　之七

靠北的時候，整座城市都是他的
從第一條窄巷開始受驚
都更在島上無性繁殖
霓虹燈下湧出魚群

都是魚　之八

兩隻貓在月亮瞳孔裡

接吻，大海漲潮了

跨過眠床

你的魚群為我導航

都是魚　之九

魚群爭相走告：

在最後一尾魚放生以前

我要把你們寫進詩裡

那些追不到的魚，只是滄海

臺灣詩學25週年　截句詩系11　PG1920

阿海截句

作　　者 / 寧靜海
責任編輯 / 林昕平
圖文排版 / 周好靜
封面設計 / 楊廣榕

發 行 人 / 宋政坤
法律顧問 / 毛國樑　律師
出版發行 / 秀威資訊科技股份有限公司
114台北市內湖區瑞光路76巷65號1樓
電話：+886-2-2796-3638　傳真：+886-2-2796-1377
http://www.showwe.com.tw
劃撥帳號 / 19563868　戶名：秀威資訊科技股份有限公司
讀者服務信箱：service@showwe.com.tw
展售門市 / 國家書店（松江門市）
104台北市中山區松江路209號1樓
電話：+886-2-2518-0207　傳真：+886-2-2518-0778
網路訂購 / 秀威網路書店：http://store.showwe.tw
國家網路書店：http://www.govbooks.com.tw

2017年11月　BOD一版
定價：200元

國家圖書館出版品預行編目

阿海截句 / 寧靜海著. -- 一版. -- 臺北市 : 秀威資訊科技, 2017.11
面 ; 公分. -- (截句詩系 ; 11)
BOD版
ISBN 978-986-326-483-5(平裝)

851.486 106018297

讀者回函卡

感謝您購買本書，為提升服務品質，請填妥以下資料，將讀者回函卡直接寄回或傳真本公司，收到您的寶貴意見後，我們會收藏記錄及檢討，謝謝！

如您需要了解本公司最新出版書目、購書優惠或企劃活動，歡迎您上網查詢或下載相關資料：http:// www.showwe.com.tw

您購買的書名：____________________

出生日期：________年________月________日

學歷：□高中（含）以下　□大專　□研究所（含）以上

職業：□製造業　□金融業　□資訊業　□軍警　□傳播業　□自由業

□服務業　□公務員　□教職　□學生　□家管　□其它_____

購書地點：□網路書店　□實體書店　□書展　□郵購　□贈閱　□其他

您從何得知本書的消息？

□網路書店　□實體書店　□網路搜尋　□電子報　□書訊　□雜誌

□傳播媒體　□親友推薦　□網站推薦　□部落格　□其他__________

您對本書的評價：（請填代號　1.非常滿意　2.滿意　3.尚可　4.再改進）

封面設計____　版面編排____　內容____　文／譯筆____　價格____

讀完書後您覺得：

□很有收穫　□有收穫　□收穫不多　□沒收穫

對我們的建議：____________________

____

____

____

請貼
郵票

11466
台北市內湖區瑞光路 76 巷 65 號 1 樓
秀威資訊科技股份有限公司 收
BOD 數位出版事業部

(請沿線對折寄回，謝謝！)

姓　　名：＿＿＿＿＿＿＿＿　年齡：＿＿＿＿　性別：□女　□男

郵遞區號：□□□□□

地　　址：＿＿＿＿＿＿＿＿＿＿＿＿＿＿＿＿＿＿＿＿

聯絡電話：(日)＿＿＿＿＿＿＿＿＿＿＿　(夜)＿＿＿＿＿＿＿＿＿＿＿

E-mail：＿＿＿＿＿＿＿＿＿＿＿＿＿＿＿＿＿＿＿＿